Briefumschläge aus Altpapier

Kurzgeschichte

für mich

Briefumschläge aus Altpapier

Kurzgeschichte

TOPAZ HAUYN

Besuchen Sie uns im Internet:
www.topazhauyn.de

ISBN: 9798416692704
Font: Alegreya
Coverdesign: Topaz Hauyn
Art: ayeletkeshet/Depositphotos.com

Leonardo saß im Kunstraum der Volkshochschule und unterrichtete im Sommerferienprogramm. Heute hatte er eine Gruppe Kindergartenkinder, die sich mit dem Thema Altpapier beschäftigten. Nachhaltiges Basteln hatte seine Chefin das genannt und ihn vor vier Monaten für die entsprechenden Angebote verantwortlich gemacht. Die Kinder waren mit Begeisterung dabei. Aus dem Stapel alter Zeitungen und bunter Werbeprospekte waren im Laufe des Tages Hüte, Schachteln und Papiergarn entstanden. Alle waren fröhlich und es roch nach Kleister, Kleber und Druckerschwärze.

Da half auch kein Fenster öffnen und Lüften. Einzig die Hitze des heißen Augustnachmittags drang in den Raum und sorgte für Schweißperlen auf Leonardos Stirn. Mit der Hitze kam das Gelächter aus dem benachbarten Freibad und das Geräusch von rauschenden Duschen.

Leonardo schaute auf die Uhr. Noch eine halbe Stunde, bis alle Kinder abgeholt werden würden. Es ergab keinen Sinn mehr, etwas Neues anzufangen. Vielmehr sollten sei mit dem Aufräumen beginnen.

»Oh, nein«, jammerten alle Kinder und schauten Leonardo so bittend an, dass er das Aufräumen nochmals verschob. Er konnte den Kleinen einfach nichts abschlagen, wenn sie ihn so lieb anschauten. Dabei hatte er selbst weder Kinder, noch wünschte er sich welche. Aber einen Tag auf eine Gruppe aufzupassen und mit ihnen zu basteln, war in Ordnung.

Auch die letzte halbe Stunde verging und nach und nach wurde ein Kind nach dem anderen, mitsamt allen gebastelten Kunstwerken abgeholt. Bis schließlich, um zwanzig nach fünf, nur noch Lisa dasaß und sich auf die Unterlippe biss, um nicht zu weinen.

»Lisa, soll ich bei deinen Eltern anrufen? Oder möchtest du noch einen Tierbriefumschlag basteln, während ich aufräume und wir gemeinsam warten?«, fragte Leonardo und ging neben dem Mädchen mit den blonden Zöpfen und den blauen Augen in die Knie.

Lisa schüttelte den Knopf und nickte.

Leonardo verzog seinen Mund zu einem aufmunternden Lächeln. Lisa konnte nichts dafür, dass ihre Eltern zu spät waren und er selbst deshalb nicht Feierabend machen konnte.

Also legte er ihr weitere Bögen aus Zeitungspapier, Wackel-Augen und bunte Tonkartonreste auf den Tisch und nickte ihr aufmunternd zu, bevor er durch die Anmeldezettel blätterte und die Telefonnummer heraussuchte.

Na toll. Keine Telefonnummer angegeben.

Dafür eine E-Mail-Adresse.

Leonardo zog sein Smartphone aus seiner hinteren Jeanstasche und tippte eine kurze E-Mail und steckte sein Smartphone wieder weg.

Er schaute zu Lisa hinüber.

Sie beugte sich konzentriert über ihren Bogen Zeitungspapier und faltete leise raschelnd einen zweiten Briefumschlag. Das Mädchen hatte eine unendliche Geduld. Nicht wie einige andere Kinder, die er immer wieder hatte ermahnen müssen.

Leonardo wandte sich dem ersten Gruppentisch zu, sammelte Scheren, Klebstifte und Farbstifte ein und sortierte sie in den Materialschrank. Einen Tisch nach dem anderen räumte er auf diese Weise ab, als sein Smartphone in der Hosentasche vibrierte.

»Heute ist Max zuständig. Gruß Maria«, stand in der E-Mail. Keine Handynummer, keine E-Mail-Adresse von Max.

Leonardo sah zu Lisa, die im Falten innegehalten hatte und zu ihm herübersah.

»Lisa, wer ist Max?«, fragte Leonardo.

»Mein Papa«, sagte Lisa. »Er kommt immer zu spät, weil bei der Arbeit so viel zu tun ist.«

Lisa schaute auf ihre Hände und schwieg. Sie sah traurig aus.

»Bitte schicken Sie mir eine Telefonnummer von Max. Danke«, antwortete Leonardo, steckte das Gerät weg und ging zu Lisa hinüber, deren Schultern leicht zuckten. Weinte sie?

»Lisa«, sagte Leonardo, zog sich einen der kleinen Kinderstühle vom Tisch ab und setzte sich darauf. »Dein Papa kommt ganz bestimmt gleich.«

Lisa schüttelte den Kopf.

«Papa kommt nicht gleich. Er kommt irgendwann und ist dann sauer, weil ich ihm schon wieder Arbeit mache.«

Oh, je, dachte Leonardo und strich Lisa vorsichtig über die Schulter, um sie zu trösten. Nichteinmal sein

Handy vibrierte mit einer Antwort. Offensichtlich hielt Maria es nicht für nötig, ihm seine Frage zu beantworten.

»Macht nichts Lisa, dann machen wir uns hier einen schönen Abend, bis er kommt. Hast du Hunger? Soll ich uns eine Pizza oder Nudeln vom Lieferdienst bestellen?«, fragte Leonardo.

Er wäre zwar viel lieber aus der Tür gegangen, hätte den Werkraum zugeschlossen und Feierabend gemacht, aber das musste er dem weinenden Mädchen ja nicht auf die Nase binden. Die war mit ihren Eltern schon gestraft genug. Das Freibad hatte bis um acht Uhr offen, Zeit genug, um noch ein paar Bahnen zur Entspannung zu schwimmen. So lange würde er kaum hier sitzen.

Lisa schaute ihn aus großen, blauen Augen an.

Fast hatte Leonardo das Gefühl, sie würde durch ihn hindurch schauen. Ihn prüfen.

Leonardo zwang sich dazu, sie weiter anzulächeln. Es war ihm den Tag über nicht aufgefallen, aber ihre Augen sahen so viel älter aus, als die der anderen Kinder. Was wohl mit ihren Eltern los war, dass Lisa aussah, als könnte sie alles verstehen aber nichts tun?

»Gerne. Danke«, sagte Lisa und sah wieder auf den Tisch. »Ich mache auch einen Tierbriefumschlag für dich.«

»Tu das«, sagte Leonardo und stand auf.

Immerhin weinte sie nicht mehr.

Er zog sein Smartphone heraus und bestellte Nudeln beim nächsten Lieferservice. Hoffentlich würde er sie alleine essen müssen, weil sie bis dahin schon abgeholt worden war.

Leonardo räumte weiter auf. Angeschnittene Zeitungen, die noch sauber waren, stapelte er neben noch unbenutzte. Nasse, vermalte, warf er in den Restmüll. Morgen würden sie mit Plastikflaschen und Tetrapacks basteln, da konnte man immer mal hier und da ein Stück Zeitung gebrauchen können.

Der Lieferdienst kam und brachte heiße Becher mit Nudeln. Gemeinsam setzte sich Leonardo mit Lisa an einen Tisch und aß zu Abend.

Das Mädchen sah nicht so aus, als wäre es sonderlich verzweifelt oder überrascht, dass es immer noch hier saß.

«Danke, dass du mich nicht hinausgeworfen hast», sagte Lisa.

Leonardo starrte sie an.

Hinauswerfen?

Niemals würde er ein Kindergartenkind einfach so vor die Türe stellen, abschließen und gehen. Er mochte keine Kinder haben und auch sonst nicht so viel Ahnung, aber das, das wusste er dann doch.

Nur wollte er das Thema nicht vertiefen.

Gegen sechs kam der Hausmeister, der das Gebäude abschließen wollte.

»Sie müssen leider gehen«, murmelte er und kratzte sich im Nacken, als Leonardo ihm die Situation schilderte. Trotzdem zuckte der Mann mit den Schultern und bestand darauf, dass sie gingen.

Also sammelte Leonardo mit Lisa ihre Tasche ein und ging bis vor die Haustüre der Volkshochschule. Die Bastelwerke ließen sie im Raum zurück.

»Papa mag sie nicht, und morgen komme ich ja wieder«, sagte Lisa.

Sie umklammerte die Träger ihres Rucksacks, der mehr aussah, als würde sie Verreisen und nicht nur einen Tag zum Sommerferienprogramm gehen.

Leonardo schluckte, als er Lisa zuhörte, wie sie von den Besuchsregeln und ihrem Pendeln zwischen ihren Eltern erzählte, während sie draußen warteten. Ihre Mutter wollte mehr Freizeit, ihr Vater arbeitete Überstunden ohne Ende. Es war nicht das erste Mal, dass sie auf einen von beiden warten musste, oder gar nicht abgeholt wurde.

»Rufst du jetzt die Polizei und das Jugendamt an?«, fragte Lisa.

Leonardo zuckte mit den Schultern. Er wusste noch nicht so Recht, wen er jetzt, um halb sieben Uhr abends überhaupt noch erreichen würde.

»Im Kindergarten rufen sie immer im Jugendamt an«, sagte Lisa. »Dann kommt Herr Schuh. Der ist nett.«

Was hatte er sich da nur ans Bein gebunden? Leonardo verdrehte die Augen und schaute zum Himmel. Das Jugendamt. Er machte doch nur einen einfachen Sommerferienkurs. Aber wie es aussah, hatten Lisas Eltern das Angebot genutzt, um ihre Tochter, wie es schien wieder einmal, aus dem Weg zu räumen und zu vergessen. Sie war ganz schön tapfer, wie sie hier, im Schatten unter der Linde auf dem Stein saß und wartete. Kein Vergleich zu den lustigen Kindern, die nicht hatten stillsitzen können. Eigentlich ganz angenehm. Zu angenehm, fand Leonardo, als er darüber nachdachte. Eigentlich sollte Lisa quengeln, jammern, dass sie müde war, lachen, herumhüpfen. Schließlich war sie ein Kindergartenkind.

»Ich probiere es beim Jugendamt, in Ordnung?«, fragte Leonardo, als nochmals zehn Minuten später, weder der Vater auftauchte, noch er eine Antwort per Mail von der Mutter erhalten hatte, obwohl er inzwischen noch fünf weitere E-Mail geschrieben und sie zum Abholen aufgefordert hatte.

Das Freibad konnte er heute wohl vergessen.

Leonardo suchte im Internet die Telefonnummer des Jugendamtes heraus. Es gab eine Büronummer und eine Notfallnummer. Nachdem an der Büronummer niemand ans Telefon gegangen war, wählte er die Notfallnummer, mit einem mulmigen Gefühl im Magen. Sollte die nicht für schlimmere Fälle sein? Aber war Lisa nicht ein schlimmer Fall? Abgegeben bei der Ferienbetreuung und nicht abgeholt?

Leonardo lauschte auf den Klingelton und betrachtete Lisa, die auf dem Stein saß, die Hände auf die Hand gestützt, den Rucksack daneben auf den Boden gestellt. Wartend. Still.

»Schuh«, meldete sich eine volle Männerstimme am Telefon.

»Hallo, hier ist Leonardo Frank. Ich habe heute im städtischen Sommerferienprogramm kreatives Basteln mit Altpapier angeboten«, sagte Leonardo. Irgendwie war es ihm ein Bedürfnis, gleich klarzustellen, dass er Lisa nicht irgendwo aufgegabelt hatte.

»Welches Kind wurde nicht abgeholt?«, fragte Herr Schuh, ohne auf die Vorstellung einzugehen.

»Lisa Wild«, sagte Leonardo leise.

Der Nachname passte so gar nicht zu ihr. Eigentlich sollte sie Lisa Still heiße, so wie sie vor ihm saß.

»Haben Sie die Eltern angerufen?«, fragte Herr Schuh.

»Ich habe nur eine E-Mail-Adresse von der Mutter«, sagte Leondardo. »Die Eltern haben keine Telefonnummer auf dem Anmeldebogen angegeben. Die Mutter schrieb einmal zurück »Mark ist zuständig« und antwortet seither nicht mehr auf meine Mails. Lisa sagt, Mark kommt immer zu spät. Das Programm war um fünf zu Ende«, schloss Leonardo.

Die nahe Kirchturmuhr Begann zu schlagen. Eins, zwei, drei. Dreiviertel Sieben.

Leonardo hörte, wie Herr Schuh am anderen Ende lange ausatmete.

»Sie warten vor der Volkshochschule?«, fragte Herr Schuh.

»Ja«, bestätigte Leonardo.

»Ich führe ein paar Telefonate, dann komme ich vorbei. Haben Sie noch eine halbe Stunde Zeit?«, fragte Herr Schuh.

Irrte sich Leonardo oder klang das so als würde der Herr vom Jugendamt zwar die Eltern anrufen, aber keine Hoffnung haben, sie zum Abholen ihrer Tochter bewegen zu können?

«Wir warten«, sagte Leonardo.

Er hatte schon so lange gewartet, er würde Lisa jetzt nicht alleine hier sitzen lassen.

»Vielen Dank«, sagte Herr Schuh und legte auf.

»Herr Schuh holt mich ab?«, fragte Lisa.

Leonardo zuckte mit den Schultern.

»Ich weiß es nicht. Er will jemanden anrufen und dann zu uns kommen, hat er gesagt.«

Lisa nickte.

»Hoffentlich findet er eine nette Familie», sagte Lisa, ließ ihr Kinn los, zog die Knie hoch schlang ihre Arme um ihre Beine und legte ihren Knopf auf die Knie.

Das klang, als hätte sie das schon zu oft mitgemacht.

Leonardo spürte, wie er wütend wurde. Einmal, weil er auf das Schwimmen verzichten musste, zum anderen, weil Lisa so gleichgültig, fast apathisch dasaß. Ein Kind, das aufgegeben hatte und wartete, was als Nächstes mit ihr passierte. Das nannte das Jugendamt Fürsorge? Warum war Lisa nicht längst in einer stabilen Familie, wenn ihre Eltern eine Gewohnheit daraus gemacht hatten, ihr Kind irgendwo abzugeben und es nicht abzuholen?

Leonardo ballte seine Fäuste und marschierte auf dem Gehweg auf und ab. Er würde diesem Herr Schuh etwas erzählen, wenn der hier erschien. Der konnte das kleine Mädchen doch nicht immer irgendwo anders unterbringen, wie ein Gepäckstück, dass hin und her transportiert und am nächsten Tag wieder in irgendeiner Betreuung abgegeben wurde. Schließlich standen sie am Anfang der Sommerferien. Es lagen noch fünf Wochen vor Lias. Wo sollte sie die verbringen?

Leonardo stampfte auf und ab, bis die Kirchturmuhr sieben schlug.

Langsam verrauchte seine Wut.

Er dachte an seine Nichten, die Töchter seiner Schwester, die so viel lustiger und fröhlicher waren als Lisa. Als er sich zuletzt besucht hatte, hatten sie ihm ein Klatschspiel beigebracht und darauf bestanden, dass er es den ganzen Nachmittag mit ihnen spielte. So sollten Kinder sein!

Ob Lisa wohl auch Klatschspiele kannte?

Sie saß immer noch unbeweglich auf ihrem Stein und wartete.

Leonardo schmerzte das Herz, sie so zu sehen.

Ob seine Schwester, wohl noch ein drittes Kind über die Sommerferien aufnehmen würde? Vermutlich nicht, schließlich wollte sie nächste Woche in den Urlaub fahren, erinnerte Leonardo sich.

»Lisa, wollen wir ein Spiel spielen?«, fragte Leonardo, als er das in sich gekehrte Mädchen nicht mehr ertragen konnte. »Kennst du das Klatschspiel mit dem Seppel und den Äpfeln?«

Lisa schaute ihn an, als wäre er ein, keine Ahnung, kein Mensch, irgendetwas was es nicht gab.

Sie schüttelte den Kopf.

»Dann wird es Zeit, dass du es lernst, dann kannst du nach den Ferien im Kindergarten davon erzählen«, sagte Leonardo und erklärte das Spiel.

Die ersten zwei Versuche gingen schief, aber beim dritten Mal klappte es schon besser. Lisa hatte verstanden, was sie tun sollte. Beim fünften Mal sprach sie die Worte mit und beim zehnten oder zwölften Mal hörte Leonardo auf zu zählen. Als ein Auto neben ihnen auf dem leeren Parkplatz vor dem Gebäude hielt, sang Lisa aus vollem Hals den Spruch mit und klatschte kräftig gegen Leonardos Hände.

So sollte ein Kind aussehen. Fröhlich und unbekümmert.

Dann schlug die Autotüre zu.

Lisa ließ ihre Hände sinken und zog sich in sich zurück. Schlang ihre Arme um ihre Knie und legte den Kopf darauf. Fast als versuchte sie mit dem Stein zu verschmelzen oder unsichtbar zu werden.

Leonardo drehte sich um und stellte sich schützend vor das Mädchen.

Er schaute über das rote Autodach hinweg auf den Mann mit den kurzen, schwarzen haaren, der randlosen Brille und dem unrasierten Kinn. Sein Hemd war zerknittert und die obersten zwei Knöpfe standen offen.

»Guten Abend, Herr Frank. Ich bin Herr Schuh vom Jugendamt. Danke, dass Sie sich die Zeit genommen haben mit Lisa auf mich zu warten«, sagte Herr Schuh und kam um das Auto herum.

»Guten Abend Lisa«, sagte Herr Schuh und ging neben dem Stein in die Knie, aber ohne Lisa zu berühren. »Wie war das Basteln im Sommerferienprogramm? Was hast du aus der alten Zeitung gemacht?«

Lisa antwortete leise, aber sie antwortete. Nur die Fröhlichkeit, die Lebendigkeit, die Leonardo gerade noch gesehen und gespürt hatte, war weg.

Leonardo schluckte.

»Herr Schuh, können wir kurz reden?«, fragte Leonardo.

Herr Schuh nickte und Leonardo ging mit ihm ein Stück den Gehweg hinunter. Weit genug, dass Lisa ihnen nicht mehr zuhören konnte, aber nah genug, um sie weiterzusehen. In der ruhigen Nebenstraße sorgte er sich nicht um vorbeifahrende Autos, zumal sie nicht aussah, als würde sie sich ohne Aufforderung von ihrem Stein wegbewegen.

»Was ist mit ihren Eltern? Warum geht Lisa davon aus, dass Sie sie in eine Gastfamilie stecken?«, fragte Leonardo.

Her Schuh strich sich durch seine kurzen, schwarzen Haare und zerzauste sie dabei.

»Das geht Sie eigentlich gar nichts an«, sagte Herr Schuh.

Leonardo verschränkte die Arme vor der Brust und wartete.

«Ihre Eltern sind geschieden. Es gibt einen Plan, wann sie bei wem ist.«

Herr Schuh schaute zu Lisa hinüber.

»Darum auch der große Rucksack«, sagte er. »Heute sollte sie zu ihrem Vater gehen für den Rest der Woche.«

»Einem Vater der Überstunden macht, und nicht pünktlich kommt«, sagte Leonardo.

»Genau.«

Herr Schuh nickte.

»Und der nicht ans Telefon geht. Für solche Fälle gibt es Gastfamilien, die Kinder kurzfristige für eine kurze Zeit aufnehmen. Zum Beispiel bis morgen. Vorausgesetzt ich erreiche ihren Vater dann.«

Herr Schuh klang nicht so, als wäre er überzeugt davon, dass ihm das gelingen würde.

Leonardo schaute zu Lisa.

»Wie oft passiert das bei Lisa?«, fragte Leonardo.

Das konnte man dem Mädchen doch nicht antun, sie so hin und her zu schubsen und dann irgendwo zu parken, also ob niemand sie haben wollte.

Herr Schuh breitete seine Hände aus, als wolle er Leonardo beschwichtigen.

»Zu oft«, sagte er nur.

Immerhin war Herr Schuh wohl der gleichen Meinung wie er selbst, überlegte Leonardo.

»Haben Sie eine nette Familie für heute Nacht gefunden?«, fragte Leonardo.

Herr Schuh schüttelte den Kopf.

»Es ist Ferienzeit. Alle Familien sind bereits belegt und die anderen haben sich abgemeldet und sind im Urlaub.« Er strich sich wieder durch die bereits verstrubbelten Haare. »Ich kann sie nur noch ins Kinderheim bringen.»

Leonardo konnte sich nicht vorstellen, dass es Lisa dort gefallen würde.

Er dachte an seine Wohnung. Eine kleine zwei Zimmer Wohnung in einem Mehrfamilienhaus. Er könnte Lisa auf dem Sofa übernachten lasen, oder ihr sein Schlafzimmer geben und selbst auf dem Sofa schlafen. Schließlich war sie für morgen, für den Rest der Woche in seinem Kurs angemeldet.

Aber wollte Lisa das?

Würde er es so lange mit einem Kind aushalten?

Wenn er einen Nachmittag mit seinen Nichten verbracht hatte, kippte er regelmäßig müde ins Bett und war heilfroh, dass er nach Hause gehen durfte. Darum wollte er auch keine Kinder. Zu viel Arbeit, zu anstrengend.

»Also. Danke nochmal, Herr Frank, dass Sie gewartet haben, dass erlebt man heute nicht mehr oft«, sagte Herr Schuh und wandte sich zurück zu Lisa. »Ich wünsche Ihnen einen schönen Feierabend.«

Leonardo sah Herrn Schuh nach, wie er langsam zu Lisa zurückging. Er ging vor ihr in die Knie und sprach mit ihr. Sie nickte, schüttelte den Kopf und zog ihre Schultern noch mehr hoch, bis sie fast die Ohren erreichten. Sie sah noch unglücklicher aus, als vorhin, als klar geworden war, dass ihr Vater sie nicht abholen würde, sondern Herr Schuh vom Jugendamt.

Was hatte sie gesagt? Sie hoffe, dass Herr Schuh eine nette Gastfamilie findet? Offensichtlich waren nicht einmal alle Gastfamilien nett und Kinderheim klang, selbst in Leonardos Ohren, gar nicht nett.

Herr Schuh griff gerade nach Lisas Rucksack und hob ihn hoch.

Leonardo schaute zu. Noch konnte er sich umdrehen und gehen. Lisa war nicht mehr seine Verantwortung. Für heute.

Er versuchte es, sich umzudrehen. Verwundert übers ich selbst blieb er stehen und drehte sich nicht um. Stattdessen rannte er zu Lisa und Herrn Schuh zurück.

Sein Sofa war sicher besser als das Kinderheim, wenn er Lisas hochgezogene Schultern richtig deutete. Für einen Abend und einen Morgen würde er sicher mit ihr auskommen. Er wollte es ihr wenigstens anbieten.

»Warten Sie«, rief Leonardo.

Herr Schuh drehte sich zu ihm um und sah ihn abwartend an.

»Ich kann Lisa mein Sofa anbieten, oder mein Schlafzimmer und selbst auf dem Sofa schlafen. Morgen früh kommt sie sowieso wieder zu mir ins Ferienprogramm«, sagte Leonardo so schnell er konnte. »Kein Problem. Essen habe ich auch und sie müssten nicht morgen vor der Arbeit hin und her fahren. Wie sieht es aus Lisa, hast du Lust?«, fragte Leonardo.

Er hatte keine Ahnung, ob sie wollte. Und Herr Schuh mit seinem offenen Mund und den aufgerissenen Augen sah aus, als hätte er gerade etwas komplett Falsches gemacht, aber darum konnte Leonardo sich nicht kümmern. Er wollte, dass Lisa wieder lachte, so wie vorhin, als sie gemeinsam das Klatschspiel gespielt hatten.

Leonardo wischte sich die Schweißperlen von der Stirn. Die Sonne war weitergewandert und der Stein lag nicht mehr im Schatten. Trotzdem es schon Abend war, war es immer noch heiß. Die Stimmen im nahen Freibad wurden wenige. Ein Zeichen dafür, dass es auf acht Uhr zuging.

»Das geht nicht. Wir brauchen ein Führungszeugnis, Nachweise«, begann Herr Schuh.

»Mein polizeiliches Führungszeugnis liegt bei der Stadt«, sagte Leonardo. »Wegen dem Sommerferienprogramm. Sie können gerne mitkommen und meine Wohnung besichtigen.«

Auf einmal war es Leonardo wichtig, das Lisa mit zu ihm kam.

»Möchtest du bei mir übernachten, Lisa?«, fragte Leonardo, ohne weiter auf Herrn Schuhs Einwände einzugehen.

Lisa sah ihn aus großen, runden, blauen Augen an.

Er hatte das Gefühl sie hielt ihn jetzt noch mehr für ein Wesen, dass es nur in einem Märchenbuch gab, so wie sie schaute.

Langsam nickte Lisa.

»Darf ich, Herr Schuh?«, fragte sie leise.

Herr Schuh schnaufte als stünde er vor einer schwierigen Wahl.

»Sie haben selbst gesagt, dass keine Gastfamilie frei ist. Die Leute im Kinderheim haben sicher auch genug zu tun, und man bräuchte keinen Fahrdienst«, sagte Leonardo. »Falls nötig, kann Lisa die ganze Woche bei mir bleiben«, hörte Leonardo sich sagen und wunderte sich über sich selbst.

Hatte er das wirklich gesagt? Wollte er wirklich so lange mit einem Kindergartenkind zusammenwohnen?

Offensichtlich schon.

Lisa sah so verloren aus.

Er wollte, dass sie lachte und fröhlich war, wie seine Nichten.

»Also gut«, sagte Herr Schuh. »Wir schauen uns Ihre Wohnung an und wenn das in Ordnung ist, füllen Sie mir den Fragebogen aus und schickem mir die notwendigen Unterlagen per Mail zu.«

Leonardo grinste. Typisch Bürokratie. Immer musste man Formulare ausfüllen.

Leonardo streckte seine Hand zu Lisa aus.

»Wollen wir losgehen?«, fragte er und lächelte ihr aufmunternd zu.

Lisa nickte und kletterte von ihrem Stein herunter.

Zögernd fasste sie seine Hand.

Ihre Hand war klein und warm und verschwand in seiner großen Hand.

Leonardos Herz wurde warm. Wärmer als der Sommerabend. Er schluckte den Kloß in seinem Hals hinunter.

Er würde dafür sorgen, dass Lisa eine wunderbare, unbeschwerte Zeit mit ihm verbringen konnte.

ENDE

Leseprobe: Erwartete Verkaufszah-len

Packungen voller Fischstäbchen stapelten sich in den Kühlhäusern. Heute hätten alle verkauft werden sollen, wenn der Spiegel die richtige Vorhersage getroffen hätte.

Jetzt musste Beryll teuren Kühlraum anmieten. Schließlich wurde bereits die neue Ware geliefert.

Er prüfte seit einer Stunde die Inventurlisten für Fischstäbchen, die die Filialleiter seiner Supermarktkette ihm bei Ladenschluss per Mail geschickt hatten.

Keine einzige Packung Fischstäbchen war heute verkauft worden. Alles andere lag im Rahmen. In den Spielecken war etwas mehr verkauft worden als sonst. Um die Nachbestellung würde sich sein Einkäufer morgen kümmern. Alles in allem ein normaler Mittwoch. Leider. Dabei hatte der Spiegel etwas anders vorhergesagt.

Beryll dachte an sein weiches Bett, dass Zuhause auf ihn wartete. Viel lieber wäre er dort, statt den neuen Spiegel zu überprüfen.

Warum war er eigentlich noch hier? Die Zahlen hätte er doch genauso gut morgen ansehen können.

Neugierde, Aufregung und Spannung, musste er sich selbst eingestehen. Schließlich hatte er lange auf diesen Ersatz gewartet und genauso lange waren seine Gewinne stagniert.

Der Spiegel, der für die Verkaufsvorhersagen zuständig war, hing ihm nicht direkt gegenüber, sondern im benachbarten Büro. Dort wo früher seine Sekretärin gesessen hatte. Diese saß jetzt auf dem Gang in einer aufgebauten Nische und war längst im Feierabend.

Beryll musterte die Glastüre, die sein Büro vom Nachbarbüro trennte. Er konnte von seinem weichen Chefsessel den Spiegel nicht sehen. Statt aufzustehen und hinüberzugehen rief er die Bedienungsanleitung auf dem Bildschirm auf. Hatte er etwas falsch gemacht mit dem neuen Spiegel? Hatte sich in der Bedienung etwas geändert? Er hatte sich doch vor der ersten Benutzung alles genau durchgelesen.

Seit der alte Spiegel von der Reinigungskraft, versehentlich wie diese behauptete, zerbrochen worden war, hatte er auf diesen neuen Spiegel gewartet. Ein halbes Jahr. Eine Ewigkeit in seinem Geschäft. Die Zeitungen spotteten bereits über ihn, den Aufsteiger, der davor ständig neue Gewinne gemacht hatte und in den letzten Monaten gerade so seine Kosten decken konnte. Der Spiegel war eine Investition, die sich lohnte. Aber nur, wenn er ihn richtig bediente und die Vorhersagen stimmten.

Letzte Woche, endlich, war der neue Spiegel geliefert worden. Ein blankes, perfekt spiegelndes Oval mit aufwendig gestaltetem Rahmen in dem Obst und Gemüse aus Gold eingearbeitet war. Viel zu protzig, nach Berylls Meinung. Aber der Spiegelmeister hatte sich jede Einmischung in die Gestaltung verbeten. Und es sah ja keiner. Keiner außer ihm selbst. Er konnte damit leben.

Beryll las die Anleitung.

Er hatte doch alles richtig gemacht!

Er hatte den Spiegel einen Tag im Dunkeln hängen lassen.

Er hatte, als Vorsichtsmaßnahme, den Raum abgeschlossen und der Reinigungskraft den Schlüssel dazu abgenommen. Er würde den Spiegel selbst abstauben. Das war sicherer.

Er hatte dem Spiegel einen eigenen Raum gegeben, fernab von Computerbildschirmen.

Auf dem Hof brummte ein Lastwagen. Das Firmentor rollte auf. Das Knattern des Auspuffs hallte zwischen den Lagerhäusern und dem Bürogebäude wieder. Lichtkegel bewegten sich durch die Dunkelheit. Die letzten Lieferungen verließen das Hauptlager. Gleich wäre er alleine auf dem Gelände. Die Uhr auf dem Monitor zeigte

Dreiundzwanzig Uhr Zwölf.

Beryll beugte sich vor, stützte die Ellbogen auf der dicken Tischplatte vor der Tastatur ab. Sein Hemd spannte am Rücken.

Er hatte den Spiegel nach der Vorhersage nicht nach einer zweiten befragt, sondern geduldig abgewartet, bis die Erste eine Woche später eintrat.

Er scrollte in der Anleitung hoch und runter.

Es gab keinen Abschnitt dazu, was zu tun war, wenn eine Vorhersage nicht eintrat. Müsste er noch länger warten? Konnte er eine neue Vorhersage bekommen?

Das E-Mail Programm blinkte auf. Eine neue Nachricht. Er war noch nicht der Letzte im Büro.

Mira Schneider aus dem Marketing schrieb: »Sollen wir die Fischstäbchen in die Aktion am Samstag nehmen? Redaktionsschluss ist in zwanzig Minuten.«

Jemand der mitdachte. Wunderbar!

Beryll lehnte sich zurück und spielte mit dem Knopf an seinem linken Hemdärmel. Drehte ihn hin und her. So wie er über die Fassung des Spiegels hin und her streichen würde, um eine neue Vorhersage zu erhalten. Eigentlich konnte er das gleich erledigen. Der Tag war vorüber. Alle Märkte geschlossen. Die Vorhersage war nur leider nicht eingetroffen.

Nun gut. Vielleicht brauchte der Spiegel eine Aufwärmphase.

Beryll öffnete ein neues E-Mail Fenster und antwortete Mira Schneider. Am Samstag wären die Fischstäbchen aus dem Kühlhaus. Dann war er sie wenigstens kostendeckend wieder los. Rabatten konnten die Leute nicht widerstehen. Mit einem Mausklick auf Senden verschickte er die Mail.

Er steckte sein Smartphone in die Brusttasche seines

Hemdes und stand auf. Das weiße Bürolicht spiegelte sich in den Scheiben seines Büros. Den leeren Hof sah er kaum. Nur noch das Licht, das am Tor brannte, sah er gut. Das Licht, das die ganze Nacht brannte. Eigentlich sollte er Zuhause sein. Den Abend genießen und seine neueste Eroberung verführen. Er hatte sein Bett heute Morgen frisch bezogen. Stattdessen drehte er sich zu der Glastüre um, ging über den grauen Industrieteppich, der jeden Schritt verschluckte und drückte die kühle Aluminiumklinke herunter.

Der Raum mit dem Spiegel fühlte sich wärmer an als sein Büro. Dabei gab es weder Heizung noch elektrisches Licht. Beides hatte Beryll bereits für seinen ersten Spiegel ausbauen lassen. Mit der Wärme überkam ihn das Gefühl geborgen zu sein. Sicher aufgehoben. Fast wie als kleines Kind bei seiner Mutter. Sie hätte solchen Zauberkram, wie sie immer sagte, nie genehmigt. Harte Arbeit war das Einzige, was für sie zählte.

Beryll ging langsam auf den Spiegel zu. Er verdrängte die Erinnerung an seine Mutter aus seinen Gedanken. Der Spiegel war wunderschön und leuchtete aus sich heraus. Selbst sein eigenes Spiegelbild erschien ihm wacher, dynamischer und erfolgreicher entgegenzulächeln als er sich fühlte.

Beryll verbeugte sich steif vor dem Spiegel bis auf Hüfthöhe und richtete sich wieder auf.

Zauberspiegel, wie dieser, hatten eine Lichtquelle, die er nicht verstand und die ihn jedes Mal schaudern ließ. Trotzdem schaute er in den Spiegel.

Prüfend.

Sein Spiegelbild sah ansonsten genauso aus wie er. Kurzgeschnittene, mittelbraune Haare, die ersten Bartstoppeln nach einem langen Arbeitstag und ein bisschen blass. Er musste mehr an die frische Luft und in die Sonne, hätte seine Mutter gesagt, würde sie ihn so sehen. Sein Hemd war in den Ellbogenbeugen zerknittert vom Tag. Alles wie immer.

Er betrachtete sein Spiegelbild und suchte nach einer Abweichung.

Er fand keine.

Sehr gut. Das bedeutete die Oberfläche des Spiegels war glatt und makellos. So wie sie sein sollte.

Beryll dachte kurz an die eine Vorhersage, die er von der Spiegelscherbe des Vorgängers erhalten hatte. Natürlich hatte er gewusst, dass ein zerbrochener Spiegel nicht für Vorhersagen geeignet war, aber er hatte es nicht geglaubt. Bis er dem Rat gefolgt und eine neue Filiale gekauft hatte. Seither hatte er ein Loch in seiner Bilanz. In dieser Filiale funktioniert nichts. Waren wurden gestohlen, Einrichtung zerstört, Mitarbeiter kündigten ohne Vorwarnung. Letzte Woche hatte er endlich einen Käufer für den Unglücksmarkt gefunden. Nachdem er ihm noch Geld angeboten hatte für die Übernahme.

Beryll schüttelte den Kopf und vertrieb die Erinnerung.

Er bewegte sich zu den Seiten und prüfte so die gesamte Spiegeloberfläche. An seinem Spiegelbild änderte sich nichts.

Langsam strich er über die kühle, vergoldete Einfassung, um den Spiegel auf sich einzustimmen. Körperkontakt war dafür wichtig. Viel lieber hätte er die Frau gestreichelt, mit der er heute verabredet war, statt einem vergoldeten Spiegel. Aber, gut, was muss das muss. Eine Einstellung, die er mit seiner Mutter teilte, wenn er auch sonst oft anderer Meinung war.

Langsam wurde es Beryll zu warm im Raum. Seine

Stirn fühlte sich feucht an.

Er knöpfte den obersten Hemdknopf auf. Dann stellte er sich mittig vor den Spiegel. Einen halben Meter davor auf genau den Punkt, den er auf dem Boden markiert hatte, mit einem Stück Klebeband.

»Welches Produkt wird sich nächste Woche Mittwoch gut in meinen Supermärkten verkaufen?«, fragte Beryll seinen Spiegel.

Die goldenen Äpfel in der Fassung funkelten, als würden sie, blankpoliert wie sie waren, im hellen Licht der Mittagssonne gedreht werden.

Beryll blinzelte und hielt sich eine Hand vor Augen, gegen das helle Leuchten. Zwischen seinen Fingern hindurchsah er bunte Schlieren über den Spiegel laufen, sich drehen, zusammenziehen und wieder verschwimmen. Schließlich formte sich ein Bild. Es war grundsätzlich rund, an manchen Stellen etwas abstehend und dunkelgrün.

Ein Salatkopf?

Ende der Leseprobe aus »Erwartete Verkaufszahlen«

Weitere Bücher

Klimaschutz für alle.

Sabrina bemüht sich um den Klimaschutz. Doch bis sie ihr Studium beendet und mit technologischem Fortschritt helfen kann, dauert es noch.
Sie will jetzt etwas tun. Besonders gegen diese Idioten, die zur Fastnacht, Einwegplastik und Müll auf der Straße hinterlassen.
Sabrina sucht eine Idee. Was kann sie jetzt ausrichten, dass mehr Menschen erreicht, als nur sie selbst?

Eine lustige Geschichte, über Ideen, Mut und überraschende Erkenntnisse.

Fantasy

Der, die, das Monster
Drachenverträge
Verpasst
Hexe im Wolfsfell
Die Sandriesen der
Traumsandwerke
Erwartete Verkaufszahlen
Sandige Versuchung (An den
Ufern des Luzik)
Die neue Wunschauswerterin
Kontrabass und Killerwal

Brennnesselfluch Serie
- Entführt (#1)
- Enterbt und Verflucht (#2)
- Geburtstagsgeschenk (#3)
- Schülerin falsch (#4)
- Brennnesselfluch (#5 Roman)
Die Spindel über der Erde
Spindel der Vergangenheit
Erbe: Haus, Schmuck, und
Gespenst

Romance

F/F, Lesbische Romantik
Rotes Marzipan
Verliebt im Freibad
Erster Kuss im Wald
Flirt auf rotem Briefpapier
Romantik am Morgen
Testperson gesucht: Portal der
Verführung
Unterricht in der Liebe
M/M, Gay Romantik

Liebe trotz verbranntem Essen
Phillip, küss mich
Gesucht: Die Lust zu Verführen
Kunstsprung der Liebe
Unter der Freibaddusche
Verliebt in den Koch
Eine Schneeflocke zum
Verlieben
Prioritäten der Liebe (Roman)

Gegenwart

Der Löschbefehl
Eine Rolle zu Viel

Falsche Hoffnung
Bitte keine Werbung einwerfen